FREU(N)DE

Pit Elsasser

FREU(N)DE

*DAS ULTIMATIVE
FREUNDSCHAFTSBUCH
FÜR ALTE UND NEUE
FREUNDINNEN
UND
FREUNDE*

**FÜR DICH
FÜR MICH
FÜR UNS**

Der Himmel über den Wolken.
Dokumente der Freu(n)de

Für zwölf Mitreisende,
je sechs Seiten
und eine Weisheit über
Freundschaft

Sammelband

(Nr.)

Tipps zum Eintragen in das Freundschaftsbuch:

Möglichst keine breiten Filzschreiber, die fließen.
Der gute alte Bleistift und sein jüngerer Bruder Kugelschreiber
sind die zu bevorzugenden Schreibmittel.
Holzfarbstifte und Wachsstifte eignen sich ebenfalls sehr gut,
um Farbe ins Spiel zu bringen.

Wenn Sie möchten, dass die Eintragungen niemand anderes liest
können Sie die Seiten an der gestrichelten Linie heraustrennen (✂), lochen
und in einem Ordner abheften.

Sie können aber auch das „**Ich bin**" in „**Du bis**t" abwandeln und das Buch
stellvertretend für Ihre Freunde ausfüllen, nur so für Sie selbst,
als Erinnerung.

Autor, Herausgeber und Gestaltung:
Pit Elsasser
© 2014

Herstellung und Verlag:
BoD–Books on Demand, Norderstedt
ISBN 978-3-7386-0895-3

Das vorliegende Buch einschließlich aller seiner Teile ist urheberrechtlich geschützt.
Jede Verwertung ist ohne schriftliche Zustimmung des Autors unzulässig.

www.kreativkurse-wiesloch.de
www.portrait-skulptur-kunst.de

WIDMUNG

ÜBER FREU(N)DE

Freundschaften kommen, bleiben und gehen. Es gibt Lebensabschnitt-Freundschaften und lebenslängliche. Zu jeder Zeit sind sie unentbehrlich. Freundschaften verhelfen zu einem ausgeglichenen Wesen. Freunde geben einem Sicherheit und bringen in einer feindlichen Welt Halt, Freude und Farbe. Freunde und Freude – zwei, die sich ergänzen.

Menschen verändern sich, ziehen um, erwarten Kinder, finden einen neuen Partner oder trennen sich von einem. Alles Gründe, dass eine Freundschaft sich verändert, zerbricht oder einfach durch Vernachlässigung ausklingt. Enttäuschungen und Verletzungen können ebenfalls einen Keil in die beste und intensivste Beziehung treiben.

Nach Partnerschaft, Ehe und Kindern ist Freundschaft die innigste zwischenmenschliche Nähe. Gehen Freundschaften durch Krisen, können sie gestärkt daraus hervorgehen. Wenn Freundschaften ein Leben lang halten, hat man einen Schatz in Händen, der mit nichts aufzuwiegen ist.

Entfremdete Freundschaften, die sich in einem langen Leben wiederfinden, können zu einer ganz neuen, starken Verbindung werden. Stärker sogar, als sie jemals zuvor war. Diese intensiven Glücksgefühle und Freude, wenn zwei Lebenswege sich nach langer Zeit wieder treffen, sind unbeschreiblich. Da prallen Lebenserfahrungen aufeinander, werden Schicksale zum Gesprächsstoff und Parallelen in den Lebenswegen entdeckt.

Welche Freude ist es dann, wenn man auf dieses Buch zurückgreifen kann, das auch noch nach langer Zeit Auskünfte über die Freundschaften eines Lebens gibt. Wenn man unter Umständen feststellt, dass einer seinen Traum gelebt oder ihn verpasst hat, seine berufliche und private Entwicklung völlig anders verlaufen ist als ‚damals' geplant.

Viel Freu(n)de beim Verschenken an liebenswerte Menschen, oder auch an sich selbst.

Wertvoller Inhalt

1. Seite 8-13   Name ☞

2. Seite 14-19   Name ☞

3. Seite 20-25   Name ☞

4. Seite 26-31   Name ☞

5. Seite 32-37   Name ☞

6. Seite 38-43   Name ☞

7. Seite 44-49   Name ☞

8. Seite 50-55   Name ☞

9. Seite 56-61   Name ☞

10. Seite 62-67   Name ☞

11. Seite 68-73   Name ☞

12. Seite 74-79   Name ☞

Anhang 80-84   ☞

Ich bin ...

Mein Bild 👉

Mein Name 👉

Man nennt / nannte mich auch 👉

Geboren, um zu leben, am / in 👉

Augenfarbe / Haarfarbe / Größe 👉

Wann und wo wir uns kennenlernten 👉

Mein Quartier, als wir uns kennenlernten 👉

Meine jetzige Bleibe 👉

Mein Beruf 👉

Mein Traumjob 👉

Ich bin chaotisch / organisiert 👉

Mein besonderes Merkmal 👉

Mein Lieblingsinstrument 👉

Ich bin mehr ernst / mehr ein Clown 👉

Ich liebe das Schöne / die Kunst 👉

Wenn Sie möchten, dass die Eintragungen niemand anderes lesen kann können Sie die Seiten heraustrennen, lochen und in einem Ordner abheften.

Ich tanze gerne / nie / gelegentlich ☞

Ich bin Fan von ☞

Mein Lieblingssong ☞

Mein Lieblingssport / Verein ☞

Die Helden meiner Kindheit ☞

Als Kind träumte ich von ☞

Mein Lieblingsfilm ☞

Mein Lieblingsessen ☞

Meine liebste Lektüre ☞

Mein größter Erfolg ☞

Mein größtes Abenteuer ☞

Ich liebe Berge / Meer / Wüste / Urwald ☞

Mein schlimmster Unfall ☞

Mein genialer Plan für die Zukunft ☞

Mein schönster Moment ☞

Mein peinlichstes Erlebnis 👉

Meine Lebensphilosophie 👉

Mein Glaube 👉

Meine Familie 👉

Mein Verstand sagt mir 👉

Ich kann mich ärgern über 👉

Das kann mein Herz zum Tanzen bringen 👉

Auf dem Flohmarkt des Lebens fände ich gerne 👉

Im Abspann meines Lebensfilmes bist du 👉

Meine digitalen, analogen und physischen Kontaktdaten 👉

Bei einem letzten Glas im Stehen würde ich dir gerne sagen 👉

Notiert am 👉   Platz für weitere Fragen und Antworten 👉

HIER KANNST DU DICH MIT DEINER GANZEN KREATIVITÄT AUSTOBEN
(MINDESTENS JEDOCH EINES DEINER GENIALEN STRICHMÄNNCHEN, UM ES FÜR DIE KUNSTWELT ZU ERHALTEN)

ERINNERUNGEN / GESCHICHTEN / TICKETS / PLÄNE usw.

Ginkgo biloba

Dieses Baum's Blatt, der von Osten
Meinem Garten anvertraut,
Gibt geheimen Sinn zu kosten,
Wie's den Wissenden erbaut.

Ist es ein lebendig Wesen?
Das in sich selbst getrennt,
Sind es zwei, die sich erlesen,
Dass man sie als eines kennt?

Solche Frage zu erwidern
Fand ich wohl den rechten Sinn;
Fühlst du nicht an meinen Liedern
Dass ich eins und doppelt bin?

Johann Wolfgang von Goethe

Ich bin …

Mein Bild 👉

Mein Name 👉

Man nennt / nannte mich auch 👉

Geboren, um zu leben, am / in 👉

Augenfarbe / Haarfarbe / Größe 👉

Wann und wo wir uns kennenlernten 👉

Mein Quartier, als wir uns kennenlernten 👉

Meine jetzige Bleibe 👉

Mein Beruf 👉

Mein Traumjob 👉

Ich bin chaotisch / organisiert 👉

Mein besonderes Merkmal 👉

Mein Lieblingsinstrument 👉

Ich bin mehr ernst / mehr ein Clown 👉

Ich liebe das Schöne / die Kunst 👉

Wenn Sie möchten, dass die Eintragungen niemand anderes lesen kann können Sie die Seiten heraustrennen, lochen und in einem Ordner abheften.

Ich tanze gerne / nie / gelegentlich ☞

Ich bin Fan von ☞

Mein Lieblingssong ☞

Mein Lieblingssport / Verein ☞

Die Helden meiner Kindheit ☞

Als Kind träumte ich von ☞

Mein Lieblingsfilm ☞

Mein Lieblingsessen ☞

Meine liebste Lektüre ☞

Mein größter Erfolg ☞

Mein größtes Abenteuer ☞

Ich liebe Berge / Meer / Wüste / Urwald ☞

Mein schlimmster Unfall ☞

Mein genialer Plan für die Zukunft ☞

Mein schönster Moment ☞

Mein peinlichstes Erlebnis 👉 _____

_____

Meine Lebensphilosophie 👉 _____

_____

Mein Glaube 👉 _____

Meine Familie 👉 _____

_____

Mein Verstand sagt mir 👉 _____

Ich kann mich ärgern über 👉 _____

_____

Das kann mein Herz zum Tanzen bringen 👉 _____

_____

Auf dem Flohmarkt des Lebens fände ich gerne 👉 _____

Im Abspann meines Lebensfilmes bist du 👉 _____

Meine digitalen, analogen und physischen Kontaktdaten 👉 _____

_____

_____

Bei einem letzten Glas im Stehen würde ich dir gerne sagen 👉 _____

_____

Notiert am 👉 _____ Platz für weitere Fragen und Antworten 👉

Hier kannst du dich mit deiner ganzen Kreativität austoben
(mindestens jedoch eines deiner genialen Strichmännchen, um es für die Kunstwelt zu erhalten)

Erinnerungen / Geschichten / Tickets / Pläne usw.

Ein bisschen Freundschaft ist mir mehr wert
als die Bewunderung der ganzen Welt.

Otto von Bismarck

Ich bin ...

Mein Bild 👉

Mein Name 👉

Man nennt / nannte mich auch 👉

Geboren, um zu leben, am / in 👉

Augenfarbe / Haarfarbe / Größe 👉

Wann und wo wir uns kennenlernten 👉

Mein Quartier, als wir uns kennenlernten 👉

Meine jetzige Bleibe 👉

Mein Beruf 👉

Mein Traumjob 👉

Ich bin chaotisch / organisiert 👉

Mein besonderes Merkmal 👉

Mein Lieblingsinstrument 👉

Ich bin mehr ernst / mehr ein Clown 👉

Ich liebe das Schöne / die Kunst 👉

Wenn Sie möchten, dass die Eintragungen niemand anderes lesen kann können Sie die Seiten heraustrennen, lochen und in einem Ordner abheften.

Ich tanze gerne / nie / gelegentlich ☞

Ich bin Fan von ☞

Mein Lieblingssong ☞

Mein Lieblingssport / Verein ☞

Die Helden meiner Kindheit ☞

Als Kind träumte ich von ☞

Mein Lieblingsfilm ☞

Mein Lieblingsessen ☞

Meine liebste Lektüre ☞

Mein größter Erfolg ☞

Mein größtes Abenteuer ☞

Ich liebe Berge / Meer / Wüste / Urwald ☞

Mein schlimmster Unfall ☞

Mein genialer Plan für die Zukunft ☞

Mein schönster Moment ☞

Mein peinlichstes Erlebnis 👉

Meine Lebensphilosophie 👉

Mein Glaube 👉

Meine Familie 👉

Mein Verstand sagt mir 👉

Ich kann mich ärgern über 👉

Das kann mein Herz zum Tanzen bringen 👉

Auf dem Flohmarkt des Lebens fände ich gerne 👉

Im Abspann meines Lebensfilmes bist du 👉

Meine digitalen, analogen und physischen Kontaktdaten 👉

Bei einem letzten Glas im Stehen würde ich dir gerne sagen 👉

Notiert am 👉   Platz für weitere Fragen und Antworten 👉

Hier kannst du dich mit deiner ganzen Kreativität austoben
(mindestens jedoch eines deiner genialen Strichmännchen, um es für die Kunstwelt zu erhalten)

Erinnerungen / Geschichten / Tickets / Pläne usw.

FREUNDSCHAFT DAS IST EINE SEELE IN ZWEI KÖRPERN

Freundschaft, das ist eine Seele in zwei Körpern.

Aristoteles

Ich bin ...

Mein Bild 👉

Mein Name 👉

Man nennt / nannte mich auch 👉

Geboren, um zu leben, am / in 👉

Augenfarbe / Haarfarbe / Größe 👉

Wann und wo wir uns kennenlernten 👉

Mein Quartier, als wir uns kennenlernten 👉

Meine jetzige Bleibe 👉

Mein Beruf 👉

Mein Traumjob 👉

Ich bin chaotisch / organisiert 👉

Mein besonderes Merkmal 👉

Mein Lieblingsinstrument 👉

Ich bin mehr ernst / mehr ein Clown 👉

Ich liebe das Schöne / die Kunst 👉

Wenn Sie möchten, dass die Eintragungen niemand anderes lesen kann können Sie die Seiten heraustrennen, lochen und in einem Ordner abheften.

Ich tanze gerne / nie / gelegentlich ☞

Ich bin Fan von ☞

Mein Lieblingssong ☞

Mein Lieblingssport / Verein ☞

Die Helden meiner Kindheit ☞

Als Kind träumte ich von ☞

Mein Lieblingsfilm ☞

Mein Lieblingsessen ☞

Meine liebste Lektüre ☞

Mein größter Erfolg ☞

Mein größtes Abenteuer ☞

Ich liebe Berge / Meer / Wüste / Urwald ☞

Mein schlimmster Unfall ☞

Mein genialer Plan für die Zukunft ☞

Mein schönster Moment ☞

Mein peinlichstes Erlebnis ☞

Meine Lebensphilosophie ☞

Mein Glaube ☞

Meine Familie ☞

Mein Verstand sagt mir ☞

Ich kann mich ärgern über ☞

Das kann mein Herz zum Tanzen bringen ☞

Auf dem Flohmarkt des Lebens fände ich gerne ☞

Im Abspann meines Lebensfilmes bist du ☞

Meine digitalen, analogen und physischen Kontaktdaten ☞

Bei einem letzten Glas im Stehen würde ich dir gerne sagen ☞

Notiert am ☞   Platz für weitere Fragen und Antworten ☞

Hier kannst du dich mit deiner ganzen Kreativität austoben
(mindestens jedoch eines deiner genialen Strichmännchen, um es für die Kunstwelt zu erhalten)

Erinnerungen / Geschichten / Tickets / Pläne usw.

BLUMEN
KÖNNEN NICHT
BLÜHEN OHNE
DIE WÄRME DER
SONNE.

Blumen können nicht blühen
ohne die Wärme
der Sonne.

Menschen können nicht Mensch
werden ohne die Wärme der
Freundschaft.

MENSCHEN
KÖNNEN NICHT
MENSCH
WERDEN OHNE
DIE WÄRME DER
FREUNDSCHAFT.

Phil Bosmans

ICH BIN ...

Mein Bild ☞

Mein Name ☞

Man nennt / nannte mich auch ☞

Geboren, um zu leben, am / in ☞

Augenfarbe / Haarfarbe / Größe ☞

Wann und wo wir uns kennenlernten ☞

Mein Quartier, als wir uns kennenlernten ☞

Meine jetzige Bleibe ☞

Mein Beruf ☞

Mein Traumjob ☞

Ich bin chaotisch / organisiert ☞

Mein besonderes Merkmal ☞

Mein Lieblingsinstrument ☞

Ich bin mehr ernst / mehr ein Clown ☞

Ich liebe das Schöne / die Kunst ☞

Wenn Sie möchten, dass die Eintragungen niemand anderes lesen kann können Sie die Seiten heraustrennen, lochen und in einem Ordner abheften.

Ich tanze gerne / nie / gelegentlich ☞

Ich bin Fan von ☞

Mein Lieblingssong ☞

Mein Lieblingssport / Verein ☞

Die Helden meiner Kindheit ☞

Als Kind träumte ich von ☞

Mein Lieblingsfilm ☞

Mein Lieblingsessen ☞

Meine liebste Lektüre ☞

Mein größter Erfolg ☞

Mein größtes Abenteuer ☞

Ich liebe Berge / Meer / Wüste / Urwald ☞

Mein schlimmster Unfall ☞

Mein genialer Plan für die Zukunft ☞

Mein schönster Moment ☞

Mein peinlichstes Erlebnis 👉

Meine Lebensphilosophie 👉

Mein Glaube 👉

Meine Familie 👉

Mein Verstand sagt mir 👉

Ich kann mich ärgern über 👉

Das kann mein Herz zum Tanzen bringen 👉

Auf dem Flohmarkt des Lebens fände ich gerne 👉

Im Abspann meines Lebensfilmes bist du 👉

Meine digitalen, analogen und physischen Kontaktdaten 👉

Bei einem letzten Glas im Stehen würde ich dir gerne sagen 👉

Notiert am 👉   Platz für weitere Fragen und Antworten 👉

Hier kannst du dich mit deiner ganzen Kreativität austoben
(mindestens jedoch eines deiner genialen Strichmännchen, um es für die Kunstwelt zu erhalten)

Erinnerungen / Geschichten / Tickets / Pläne usw.

DER FREUND IST EINER DER ALLES VON DIR WEISS UND DER DICH TROTZDEM LIEBT

Der Freund ist einer,
der alles von dir weiß,
und der dich trotzdem liebt.

Elbert Hubbard

Ich bin ...

Mein Bild ☞

Mein Name ☞

Man nennt / nannte mich auch ☞

Geboren, um zu leben, am / in ☞

Augenfarbe / Haarfarbe / Größe ☞

Wann und wo wir uns kennenlernten ☞

Mein Quartier, als wir uns kennenlernten ☞

Meine jetzige Bleibe ☞

Mein Beruf ☞

Mein Traumjob ☞

Ich bin chaotisch / organisiert ☞

Mein besonderes Merkmal ☞

Mein Lieblingsinstrument ☞

Ich bin mehr ernst / mehr ein Clown ☞

Ich liebe das Schöne / die Kunst ☞

Ich tanze gerne / nie / gelegentlich 👉

Ich bin Fan von 👉

Mein Lieblingssong 👉

Mein Lieblingssport / Verein 👉

Die Helden meiner Kindheit 👉

Als Kind träumte ich von 👉

Mein Lieblingsfilm 👉

Mein Lieblingsessen 👉

Meine liebste Lektüre 👉

Mein größter Erfolg 👉

Mein größtes Abenteuer 👉

Ich liebe Berge / Meer / Wüste / Urwald 👉

Mein schlimmster Unfall 👉

Mein genialer Plan für die Zukunft 👉

Mein schönster Moment 👉

Mein peinlichstes Erlebnis ☞

Meine Lebensphilosophie ☞

Mein Glaube ☞

Meine Familie ☞

Mein Verstand sagt mir ☞

Ich kann mich ärgern über ☞

Das kann mein Herz zum Tanzen bringen ☞

Auf dem Flohmarkt des Lebens fände ich gerne ☞

Im Abspann meines Lebensfilmes bist du ☞

Meine digitalen, analogen und physischen Kontaktdaten ☞

Bei einem letzten Glas im Stehen würde ich dir gerne sagen ☞

Notiert am ☞   Platz für weitere Fragen und Antworten ☞

HIER KANNST DU DICH MIT DEINER GANZEN KREATIVITÄT AUSTOBEN
(MINDESTENS JEDOCH EINES DEINER GENIALEN STRICHMÄNNCHEN, UM ES FÜR DIE KUNSTWELT ZU ERHALTEN)

Erinnerungen / Geschichten / Tickets / Pläne usw.

Es ist schlimm, erst dann zu merken, dass man keine Freunde hat, wenn man Freunde nötig hat.

Plutarch

Ich bin ...

Mein Bild 👉

Mein Name 👉

Man nennt / nannte mich auch 👉

Geboren, um zu leben, am / in 👉

Augenfarbe / Haarfarbe / Größe 👉

Wann und wo wir uns kennenlernten 👉

Mein Quartier, als wir uns kennenlernten 👉

Meine jetzige Bleibe 👉

Mein Beruf 👉

Mein Traumjob 👉

Ich bin chaotisch / organisiert 👉

Mein besonderes Merkmal 👉

Mein Lieblingsinstrument 👉

Ich bin mehr ernst / mehr ein Clown 👉

Ich liebe das Schöne / die Kunst 👉

Wenn Sie möchten, dass die Eintragungen niemand anderes lesen kann, können Sie die Seiten heraustrennen, lochen und in einem Ordner abheften.

Ich tanze gerne / nie / gelegentlich 👉

Ich bin Fan von 👉

Mein Lieblingssong 👉

Mein Lieblingssport / Verein 👉

Die Helden meiner Kindheit 👉

Als Kind träumte ich von 👉

Mein Lieblingsfilm 👉

Mein Lieblingsessen 👉

Meine liebste Lektüre 👉

Mein größter Erfolg 👉

Mein größtes Abenteuer 👉

Ich liebe Berge / Meer / Wüste / Urwald 👉

Mein schlimmster Unfall 👉

Mein genialer Plan für die Zukunft 👉

Mein schönster Moment 👉

Mein peinlichstes Erlebnis ☞

Meine Lebensphilosophie ☞

Mein Glaube ☞

Meine Familie ☞

Mein Verstand sagt mir ☞

Ich kann mich ärgern über ☞

Das kann mein Herz zum Tanzen bringen ☞

Auf dem Flohmarkt des Lebens fände ich gerne ☞

Im Abspann meines Lebensfilmes bist du ☞

Meine digitalen, analogen und physischen Kontaktdaten ☞

Bei einem letzten Glas im Stehen würde ich dir gerne sagen ☞

Notiert am ☞   Platz für weitere Fragen und Antworten ☞

Hier kannst du dich mit deiner ganzen Kreativität austoben
(mindestens jedoch eines deiner genialen Strichmännchen, um es für die Kunstwelt zu erhalten)

ERINNERUNGEN / GESCHICHTEN / TICKETS / PLÄNE usw.

Freundschaft ist eine Tür zwischen zwei Menschen. Sie kann manchmal knarren, sie kann klemmen, aber sie ist nie verschlossen.

Balthasar Gracián y Morales

Ich bin ...

Mein Bild 👉

Mein Name 👉

Man nennt / nannte mich auch 👉

Geboren, um zu leben, am / in 👉

Augenfarbe / Haarfarbe / Größe 👉

Wann und wo wir uns kennenlernten 👉

Mein Quartier, als wir uns kennenlernten 👉

Meine jetzige Bleibe 👉

Mein Beruf 👉

Mein Traumjob 👉

Ich bin chaotisch / organisiert 👉

Mein besonderes Merkmal 👉

Mein Lieblingsinstrument 👉

Ich bin mehr ernst / mehr ein Clown 👉

Ich liebe das Schöne / die Kunst 👉

Wenn Sie möchten, dass die Eintragungen niemand anderes lesen kann können Sie die Seiten heraustrennen, lochen und in einem Ordner abheften.

Ich tanze gerne / nie / gelegentlich ☞

Ich bin Fan von ☞

Mein Lieblingssong ☞

Mein Lieblingssport / Verein ☞

Die Helden meiner Kindheit ☞

Als Kind träumte ich von ☞

Mein Lieblingsfilm ☞

Mein Lieblingsessen ☞

Meine liebste Lektüre ☞

Mein größter Erfolg ☞

Mein größtes Abenteuer ☞

Ich liebe Berge / Meer / Wüste / Urwald ☞

Mein schlimmster Unfall ☞

Mein genialer Plan für die Zukunft ☞

Mein schönster Moment ☞

Mein peinlichstes Erlebnis ☞

Meine Lebensphilosophie ☞

Mein Glaube ☞

Meine Familie ☞

Mein Verstand sagt mir ☞

Ich kann mich ärgern über ☞

Das kann mein Herz zum Tanzen bringen ☞

Auf dem Flohmarkt des Lebens fände ich gerne ☞

Im Abspann meines Lebensfilmes bist du ☞

Meine digitalen, analogen und physischen Kontaktdaten ☞

Bei einem letzten Glas im Stehen würde ich dir gerne sagen ☞

Notiert am ☞   Platz für weitere Fragen und Antworten ☞

HIER KANNST DU DICH MIT DEINER GANZEN KREATIVITÄT AUSTOBEN
(MINDESTENS JEDOCH EINES DEINER GENIALEN STRICHMÄNNCHEN, UM ES FÜR DIE KUNSTWELT ZU ERHALTEN)

Erinnerungen / Geschichten / Tickets / Pläne usw.

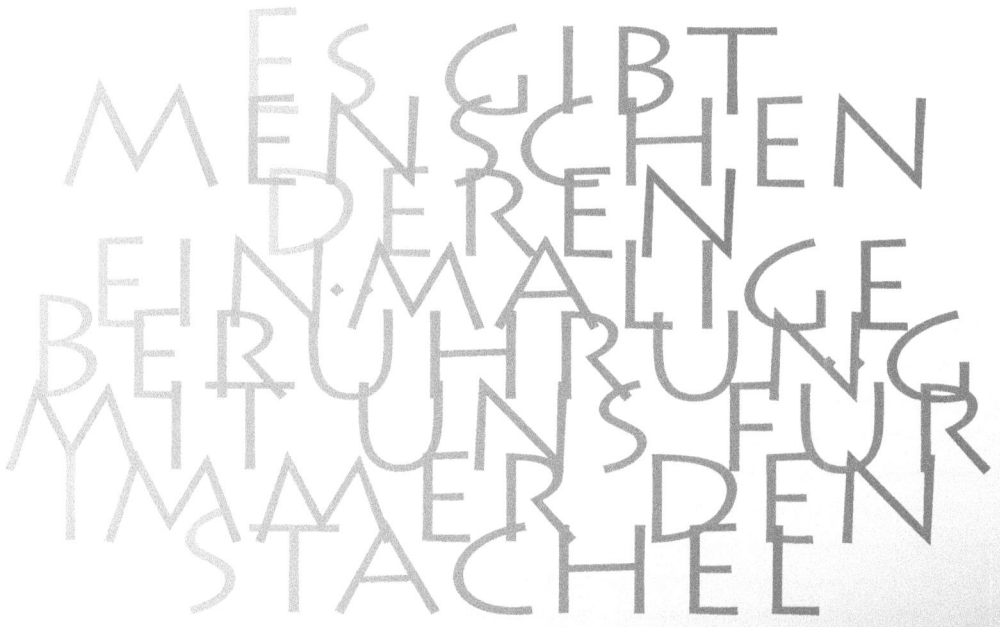

Es gibt Menschen, deren einmalige Berührung mit uns für immer den Stachel in uns zurücklässt,
ihrer Achtung und Freundschaft wert zu bleiben.

Christian Morgenstern

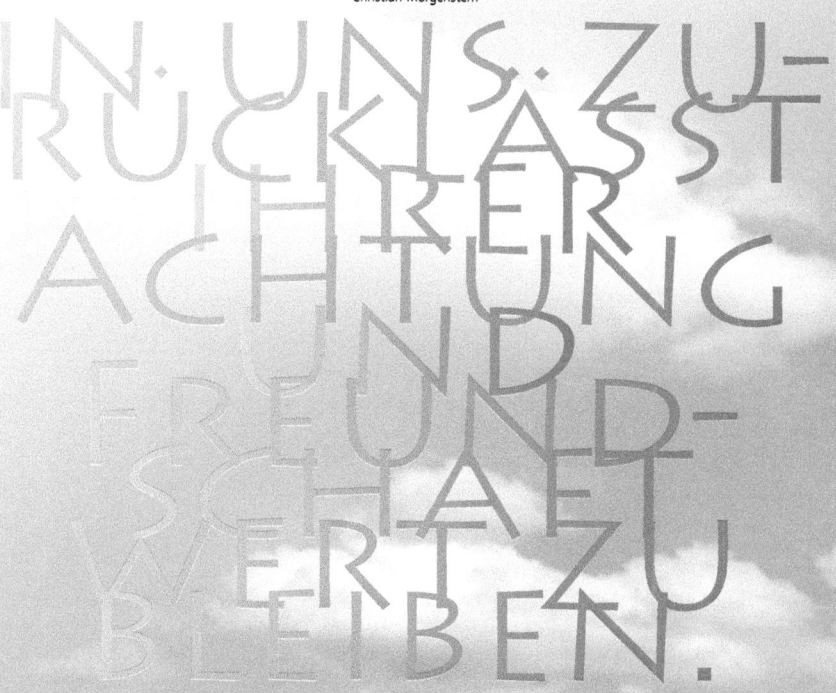

Ich bin ...

Mein Bild ☞

Mein Name ☞

Man nennt / nannte mich auch ☞

Geboren, um zu leben, am / in ☞

Augenfarbe / Haarfarbe / Größe ☞

Wann und wo wir uns kennenlernten ☞

Mein Quartier, als wir uns kennenlernten ☞

Meine jetzige Bleibe ☞

Mein Beruf ☞

Mein Traumjob ☞

Ich bin chaotisch / organisiert ☞

Mein besonderes Merkmal ☞

Mein Lieblingsinstrument ☞

Ich bin mehr ernst / mehr ein Clown ☞

Ich liebe das Schöne / die Kunst ☞

Ich tanze gerne / nie / gelegentlich 👉

Ich bin Fan von 👉

Mein Lieblingssong 👉

Mein Lieblingssport / Verein 👉

Die Helden meiner Kindheit 👉

Als Kind träumte ich von 👉

Mein Lieblingsfilm 👉

Mein Lieblingsessen 👉

Meine liebste Lektüre 👉

Mein größter Erfolg 👉

Mein größtes Abenteuer 👉

Ich liebe Berge / Meer / Wüste / Urwald 👉

Mein schlimmster Unfall 👉

Mein genialer Plan für die Zukunft 👉

Mein schönster Moment 👉

Mein peinlichstes Erlebnis 👉

Meine Lebensphilosophie 👉

Mein Glaube 👉

Meine Familie 👉

Mein Verstand sagt mir 👉

Ich kann mich ärgern über 👉

Das kann mein Herz zum Tanzen bringen 👉

Auf dem Flohmarkt des Lebens fände ich gerne 👉

Im Abspann meines Lebensfilmes bist du 👉

Meine digitalen, analogen und physischen Kontaktdaten 👉

Bei einem letzten Glas im Stehen würde ich dir gerne sagen 👉

Notiert am 👉   Platz für weitere Fragen und Antworten 👉

Hier kannst du dich mit deiner ganzen Kreativität austoben
(mindestens jedoch eines deiner genialen Strichmännchen, um es für die Kunstwelt zu erhalten)

Erinnerungen / Geschichten / Tickets / Pläne usw.

Ältere Bekanntschaften und Freundschaften haben vor neuen hauptsächlich das voraus, dass man sich einander schon viel verziehen hat.

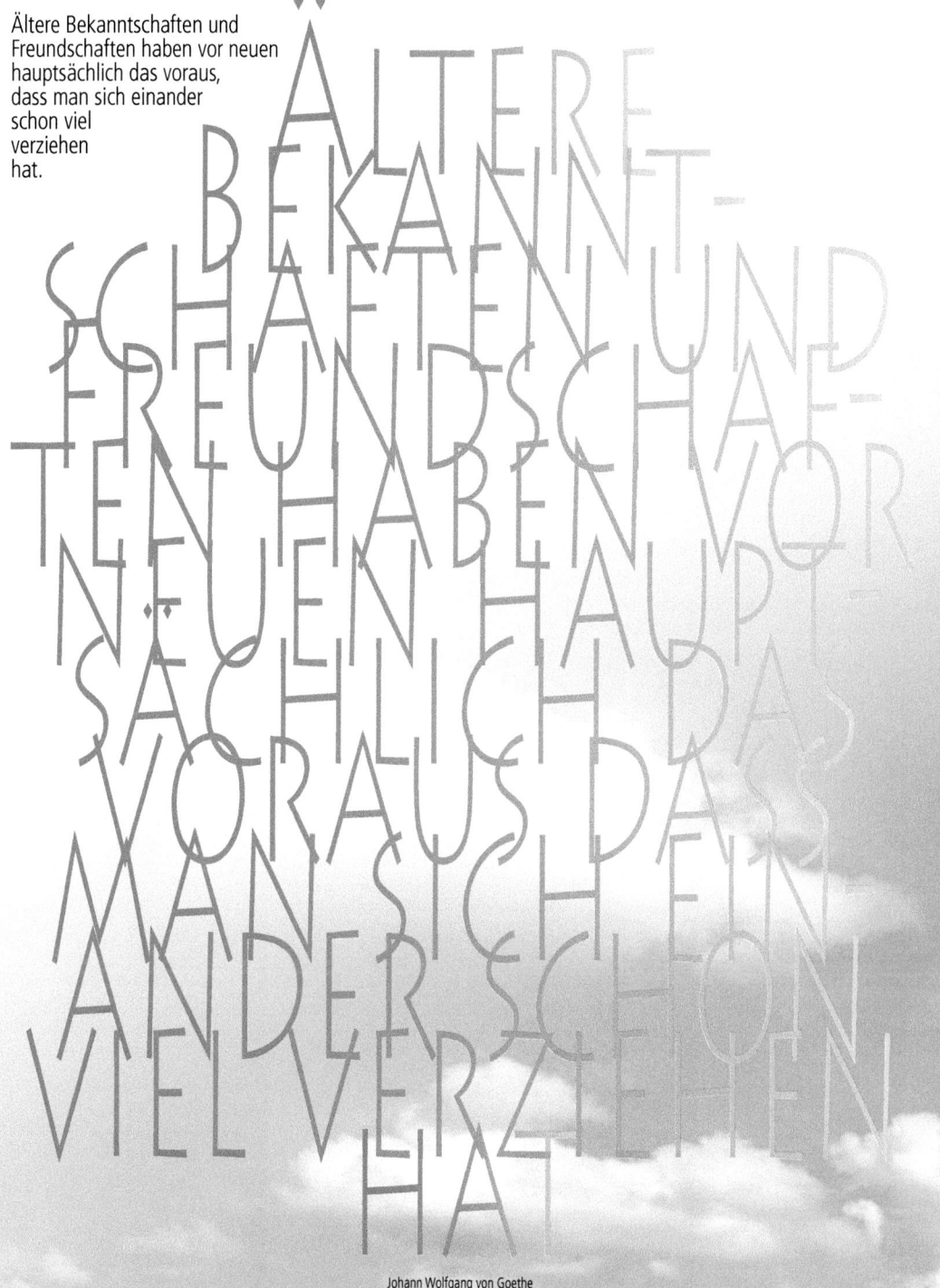

Johann Wolfgang von Goethe

Ich bin ...

Mein Bild ☞

Mein Name ☞

Man nennt / nannte mich auch ☞

Geboren, um zu leben, am / in ☞

Augenfarbe / Haarfarbe / Größe ☞

Wann und wo wir uns kennenlernten ☞

Mein Quartier, als wir uns kennenlernten ☞

Meine jetzige Bleibe ☞

Mein Beruf ☞

Mein Traumjob ☞

Ich bin chaotisch / organisiert ☞

Mein besonderes Merkmal ☞

Mein Lieblingsinstrument ☞

Ich bin mehr ernst / mehr ein Clown ☞

Ich liebe das Schöne / die Kunst ☞

Wenn Sie möchten, dass die Eintragungen niemand anderes lesen kann können Sie die Seiten heraustrennen, lochen und in einem Ordner abheften.

Ich tanze gerne / nie / gelegentlich ☞

Ich bin Fan von ☞

Mein Lieblingssong ☞

Mein Lieblingssport / Verein ☞

Die Helden meiner Kindheit ☞

Als Kind träumte ich von ☞

Mein Lieblingsfilm ☞

Mein Lieblingsessen ☞

Meine liebste Lektüre ☞

Mein größter Erfolg ☞

Mein größtes Abenteuer ☞

Ich liebe Berge / Meer / Wüste / Urwald ☞

Mein schlimmster Unfall ☞

Mein genialer Plan für die Zukunft ☞

Mein schönster Moment ☞

Mein peinlichstes Erlebnis ☞

Meine Lebensphilosophie ☞

Mein Glaube ☞

Meine Familie ☞

Mein Verstand sagt mir ☞

Ich kann mich ärgern über ☞

Das kann mein Herz zum Tanzen bringen ☞

Auf dem Flohmarkt des Lebens fände ich gerne ☞

Im Abspann meines Lebensfilmes bist du ☞

Meine digitalen, analogen und physischen Kontaktdaten ☞

Bei einem letzten Glas im Stehen würde ich dir gerne sagen ☞

Notiert am ☞   Platz für weitere Fragen und Antworten ☞

Hier kannst du dich mit deiner ganzen Kreativität austoben
(mindestens jedoch eines deiner genialen Strichmännchen, um es für die Kunstwelt zu erhalten)

ERINNERUNGEN / GESCHICHTEN / TICKETS / PLÄNE USW.

ÜBER
WAHRE UND
FALSCHE
FREUNDE
JEDER KANN
SAGEN ICH
BIN DEIN
FREUND
ABER
MANCHER
IST ES NUR
DEM
NAMEN
NACH

Über wahre und falsche Freunde:
Jeder kann sagen:
»Ich bin dein Freund.«
Aber mancher ist es nur dem Namen nach.

Gute Nachricht Bibel – Sir 37,1

Ich bin ...

Mein Bild 👉

Mein Name 👉

Man nennt / nannte mich auch 👉

Geboren, um zu leben, am / in 👉

Augenfarbe / Haarfarbe / Größe 👉

Wann und wo wir uns kennenlernten 👉

Mein Quartier, als wir uns kennenlernten 👉

Meine jetzige Bleibe 👉

Mein Beruf 👉

Mein Traumjob 👉

Ich bin chaotisch / organisiert 👉

Mein besonderes Merkmal 👉

Mein Lieblingsinstrument 👉

Ich bin mehr ernst / mehr ein Clown 👉

Ich liebe das Schöne / die Kunst 👉

Ich tanze gerne / nie / gelegentlich ☞

Ich bin Fan von ☞

Mein Lieblingssong ☞

Mein Lieblingssport / Verein ☞

Die Helden meiner Kindheit ☞

Als Kind träumte ich von ☞

Mein Lieblingsfilm ☞

Mein Lieblingsessen ☞

Meine liebste Lektüre ☞

Mein größter Erfolg ☞

Mein größtes Abenteuer ☞

Ich liebe Berge / Meer / Wüste / Urwald ☞

Mein schlimmster Unfall ☞

Mein genialer Plan für die Zukunft ☞

Mein schönster Moment ☞

Mein peinlichstes Erlebnis 👉

Meine Lebensphilosophie 👉

Mein Glaube 👉

Meine Familie 👉

Mein Verstand sagt mir 👉

Ich kann mich ärgern über 👉

Das kann mein Herz zum Tanzen bringen 👉

Auf dem Flohmarkt des Lebens fände ich gerne 👉

Im Abspann meines Lebensfilmes bist du 👉

Meine digitalen, analogen und physischen Kontaktdaten 👉

Bei einem letzten Glas im Stehen würde ich dir gerne sagen 👉

Notiert am 👉   Platz für weitere Fragen und Antworten 👉

Hier kannst du dich mit deiner ganzen Kreativität austoben
(mindestens jedoch eines deiner genialen Strichmännchen, um es für die Kunstwelt zu erhalten)

Erinnerungen / Geschichten / Tickets / Pläne usw.

SEI HÖFLICH
ZU ALLEN
ABER FREUND-
SCHAFTLICH
MIT WENIGEN
UND DIESE
WENIGEN
SOLLEN SICH
BEWÄHREN
EHE DU IHNEN
VERTRAUEN
SCHENKST

Sei höflich zu allen, aber freundschaftlich mit wenigen;
und diese wenigen sollen sich bewähren, ehe du ihnen Vertrauen schenkst.

George Washington

Ich bin ...

Mein Bild 👉

Mein Name 👉

Man nennt / nannte mich auch 👉

Geboren, um zu leben, am / in 👉

Augenfarbe / Haarfarbe / Größe 👉

Wann und wo wir uns kennenlernten 👉

Mein Quartier, als wir uns kennenlernten 👉

Meine jetzige Bleibe 👉

Mein Beruf 👉

Mein Traumjob 👉

Ich bin chaotisch / organisiert 👉

Mein besonderes Merkmal 👉

Mein Lieblingsinstrument 👉

Ich bin mehr ernst / mehr ein Clown 👉

Ich liebe das Schöne / die Kunst 👉

Wenn Sie möchten, dass die Eintragungen niemand anderes lesen kann können Sie die Seiten heraustrennen, lochen und in einem Ordner abheften.

Ich tanze gerne / nie / gelegentlich ☞

Ich bin Fan von ☞

Mein Lieblingssong ☞

Mein Lieblingssport / Verein ☞

Die Helden meiner Kindheit ☞

Als Kind träumte ich von ☞

Mein Lieblingsfilm ☞

Mein Lieblingsessen ☞

Meine liebste Lektüre ☞

Mein größter Erfolg ☞

Mein größtes Abenteuer ☞

Ich liebe Berge / Meer / Wüste / Urwald ☞

Mein schlimmster Unfall ☞

Mein genialer Plan für die Zukunft ☞

Mein schönster Moment ☞

Mein peinlichstes Erlebnis ☞

Meine Lebensphilosophie ☞

Mein Glaube ☞

Meine Familie ☞

Mein Verstand sagt mir ☞

Ich kann mich ärgern über ☞

Das kann mein Herz zum Tanzen bringen ☞

Auf dem Flohmarkt des Lebens fände ich gerne ☞

Im Abspann meines Lebensfilmes bist du ☞

Meine digitalen, analogen und physischen Kontaktdaten ☞

Bei einem letzten Glas im Stehen würde ich dir gerne sagen ☞

Notiert am ☞   Platz für weitere Fragen und Antworten ☞

Hier kannst du dich mit deiner ganzen Kreativität austoben
(mindestens jedoch eines deiner genialen Strichmännchen, um es für die Kunstwelt zu erhalten)

Erinnerungen / Geschichten / Tickets / Pläne usw.

Niemand
liebt mehr
als einer,
der sein Leben für
seine Freunde
opfert.

Gute Nachricht Bibel
Jh. 15,13

Meine liebsten Freundessprüche

MEINE LIEBSTEN LIEBESSPRÜCHE

MEINE LIEBSTEN FREUNDEWITZE

Erinnerungen an Freundschaften, gehören ebenso zu einem Leben, wie die Erinnerung an eine bestimmte Zeit, an eine Stadt, ein Dorf, ein Land, an Musik, Geschichten und Geschmäcker.
Dieses Buch vom selben Autor greift die Zeit nach dem 2. Weltkrieg in einer liebenswerten Stadt auf, die sich jedoch auch so oder so ähnlich überall in Deutschland ereignet haben könnte.

„Heidelberg - Ich dreh' mich noch einmal nach dir um",
Eine Heidelberger Nachkriegskindheit

1942 in den Kriegswirren im Schatten des Heidelberger Schlosses geboren. Zunächst aufgewachsen im Herzen der Stadt. Die Hauptstraße, deren Seitenstraßen, der Neckar, der Stadtwald sowie die umliegenden Plätze, Höfe und Gebäude waren in den ersten Jahren seine Reviere.

Dann die Entscheidung der Eltern:
Der Umzug von der belebten Hauptstraße in eine außergewöhnliche Umgebung über den Dächern Heidelbergs, mit dem Schloss, als dem schönsten Abenteuerspielplatz der Welt. Eine Gegend, die geprägt ist von historischen Plätzen, von großen Villen, klangvollen Namen und einer zu fantastischen Abenteuern verführenden Natur.

Die Zeiten bei den Großeltern in Handschuhsheim, die belebte Mühltalstraße, die Gärten und der Weinberg des Großvaters gehören ebenfalls zu den kindheitsprägenden Erlebnissen.

Über 250 Schwarz-Weiß-Bilder illustrieren auf 240 Seiten die historische Zeit ebenso wie das Heute, sodass auch der jüngere Leser einen direkten Zugang zu den beschriebenen Orten und Begebenheiten findet.

Heidelberg – Ich dreh' mich noch einmal nach dir um.
Ein Buch, prallvoll mit Erinnerungen und Bildern aus einer bewegenden und aufregenden Zeit in einer liebenswerten Stadt.

Peter | Pit | Elsasser
Grafik Designer, freischaffender Künstler und Autor lebt mit seiner Familie in Wiesloch.

Diese Buch ist ebenfalls bei BoD-Books on Demand erschienen und im Buchhandel und Online erhältlich.
Preis: € 19,70 · ISBN 978-3-7322-9169-4